29,-

★ ★ ★ ★ ★ ★ ★ ★ ★ ★ ★ ★ ★ ★ ★ ★ ★

DIONYSOS
ODER
DIE ABENTEUERLICHE JAGD

VON

JULIEN GREEN

Aus dem Französischen
von Bettina Wiengarn

KELLNER

Die Deutsche Bibliothek - CIP-Einheitsaufnahme

Green, Julien:
Dionysos oder die abenteuerliche Jagd / Julien Green. Dt. von Bettina Wiengarn. - 1. - 3. Tsd. - Hamburg : Kellner, 1994
Einheitssacht.: Dionysos ou la chasse aventureuse <dt.>
ISBN 3-927623-40-7

1. - 3. Tausend, April 1994

Lektorat: Murielle Rousseau-Reusch
Umschlaggestaltung: Britta Lembke, Hamburg
Satzkonvertierung, Druck und Bindung: Clausen & Bosse, Leck

ISBN 3-927623-40-7

★ ★ ★ ★ ★ ★ ★ ★ ★ ★ ★ ★ ★ ★ ★ ★ ★ ★

INHALT

★ ★ ★ ★ ★ ★ ★ ★ ★ ★ ★ ★ ★ ★ ★ ★ ★ ★

DER HOCHZEITSMORGEN

Sie waren fünf. Erschöpft von ihrer langen Reise, waren sie eingeschlummert und schliefen am Straßenrand; und da ereignete es sich: sie wurden von einem Traum heimgesucht und sahen den Bräutigam, der auf sie zukam, schöner, als sie je zu hoffen gewagt hätten. Seine Augen ähnelten der Nacht und seine weißen Füße zweier Tauben, die über den Erdboden glitten. Er lächelte.

Sein Blick kündigte das Wohlwollen seiner Seele an. Sobald sie ihn erblickten, erhoben sie sich eifrig, um ihn zu begrüßen und ihm zu folgen, doch als er an ihnen vorbeiging, wurde sein Blick schwer von Mitleid.

In diesem Augenblick bemerkten sie, daß ihre Seelen sich erhoben hatten, ihre Körper jedoch weiterhin auf der Erde schlummerten.

Der Schmerz entriß sie dem Schlaf; mühsam öffneten sie die Augen.

In diesem Moment betrat der Bräutigam den Festsaal. Eilig erhoben die fünf sich und rannten zum Haus, doch als sie die Schwelle erreichten, schloß sich das Tor vor ihnen. Mit den Fäusten begannen sie gegen den Flügel zu schlagen. »Öffnet uns«, riefen sie, »wir sind auch eingeladen.«

»Ihr ward zu meiner Hochzeit eingeladen«, erklang die Stimme des Bräutigams im Festsaal, »aber als ich an euch vorbeiging, brannten eure Lampen nicht; sie sind leer wie die Lampen, die man zum Totenmahl bringt.«

Und man vernahm das Akkordeon, das zu einer alten Melodie aufspielte, und die Gäste stimmten den feierlichen Hochzeitsgesang an.

Eine der törichten Jungfrauen, sie hieß Agathe, sprach zu den anderen: »Architriclin wird nicht wollen, daß wir ohne Lampen eintreten; andererseits ist die Zeit vorüber, da die Ölhändler ihre Ware verkaufen. So hat der Schlaf uns unserer Freude beraubt.«

Ihre Schwester aber antwortete ihr – sie hieß Dorothea und war die jüngste aller Jungfrauen: »Nun haben wir das Gesicht des Bräutigams gesehen und können sterben.«

»Wir haben es nur im Schlaf gesehen«, sagte Agathe, »und ich will mich der Schönheit seines Gesichts versichern. Bleiben wir also bis zur Morgendämmerung hier, und wenn er heraustritt, werden wir ihn mit geöffneten Augen sehen.«

Die drei anderen Mädchen jedoch reckten zum Zeichen ihrer Verzweiflung die Hände gegen den schwarzen Himmel, und ihre Armreifen glitten wie plätscherndes Wasser die Arme bis zu den Schultern hinab. »Laßt uns wenigstens«, seufzte eines der Mädchen, den Kopf gegen den Türflügel gelehnt – sie war in Tränen aufgelöst, weil es ihr beinahe gelungen wäre, mit den klugen Mädchen in den Festsaal zu gelangen –, »laßt uns wenigstens eintreten und einige Minuten bleiben. Wir wollen das Licht der lustigen Fakkeln sehen und die Hyazinthengirlanden auf den weißen Wollteppichen. Wir werden uns abseits halten, wir werden die Hochzeitshymne nicht mit euch singen, und wir werden uns mit erloschenen Lampen in einer dunklen Ecke verbergen …«

Doch hörten sie inmitten der Zimbeln und des Stimmengewirrs die dunkle Stimme erklingen: »Die Wahrheit ist, ich kenne euch nicht.«

Nun strich ein anderes Mädchen ihr Haar ins Gesicht und weinte sehr, denn es war Mitternacht und ihr war kalt. Sie legte ihre Hände auf den Stein, der von dem Licht erhellt wurde, das unter dem Tor durchschien, als würde sie sie daran wärmen wollen. »Aus Barmherzigkeit, öffnet uns! Der Nordwind ist eisig, und im Tal erzittert die Stadt. Meine Haut ist wie ein Stoff, der vom Wasser des Stroms durchnäßt wurde. Wenn ihr nicht öffnet, werdet ihr uns zu Tode bringen.«

Aber die Stimme des Bräutigams übertönte den Lärm des Festes, die Flötenspieler und die Unterhaltungen der Frauen, und er antwortete sanft: »Selig ist der Wachende, denn ihn werde ich nicht überraschen.«

Eines der Mädchen – sie saß auf dem Boden – band ihr Haar, nahm ihre Lampe, klopfte dann erneut an das Tor und sagte: »Lieber Herr, es ist, daß wir Euch ebenso lieben wie unsere Gefährtinnen, die sich jetzt an der Pracht Eurer Hochzeit erfreuen, denn wir sind in der hereinbrechenden Nacht mit ihnen gekommen, um auf Euch zu warten. In unserer Vorfreude jedoch haben wir nicht mehr an unsere Lampen gedacht; schließlich waren wir vom Wachen so erschöpft, daß wir eingeschlummert sind und geschlafen haben.«

Darauf öffnete eine der klugen Jungfrauen das Tor zur Hälfte und sprach zu der Störenfriedin mit einer Stimme voller Hohn und Triumph: »Mein Kind, ihr irrt euch mächtig, wenn ihr glaubt, daß eure Reden euch hier Einlaß verschaffen. Ihr langweilt alle, und ihr unterbrecht das Fest, ihr hindert uns daran, das Spiel der Worte und die Gesänge zu hören. Geht und beklagt euch woanders, ihr habt die ganze Stadt, um zu flennen und euch gegen die Brust zu schlagen.«

Ein anderes kluges Mädchen streckte den Kopf über die Schulter der ersten und sprach mit spitzer Stimme: »Ich stimme euch zu, meine Schwester, ich stimme euch zu.« Und, indem sie ihr Kinn in Richtung der Jungfrau reckte, die auf der Schwelle stand, fügte sie hinzu: »Das, was meine jüngere Schwester sagt, ist wirklich zu vernünftig, meine Freundin, als daß ihr noch auf euren Forderungen bestehen könntet. Ihr seid töricht. Komm, Jahel.« Und die beiden Köpfe verschwanden, während eine verärgerte Hand das Tor zuzog und den Riegel fallen ließ. Fast gleichzeitig erhoben sich Gelächter und Freudenrufe.

Und in den Seelen der Mädchen wuchs der Grimm. Eine warf ihre Lampe gegen das Tor: »Du bist ein freudloser Gott«, rief sie durch das Schlüsselloch, »deine Freude verbirgt sich im Herzen der Nacht und fürchtet das Tageslicht.« Dann wandte sie sich an ihre Gefährtinnen und bat sie inständig, mit ihr zu gehen. »Laßt uns einen anderen Bräutigam suchen«, sagte sie, »es ist schändlich, vergebens zu begehren.«

Agathe jedoch schüttelte den Kopf. Sie erinnerte sich an das Gesicht des Bräutigams.

Und Dorothea begehrte nichts mehr.

»Wer denn«, sprach die törichte Jungfrau weiter, »ist der Gott, den ihr sucht? Ist es der Gott, der sich verstohlen freut, wenn die Stadt eingeschlafen ist, bei der vierten Wache?« Ihre Stimme klang vorwurfsvoll, weil die Wut in ihr Wurzeln geschlagen hatte.

Dann wandte sie sich den beiden schweigsamen Jungfrauen zu und sprach folgende Worte: »Das in die Furche gesäte Korn keimt von selbst, und der Säer, der es geworfen hat, kümmert sich nicht mehr darum. Jetzt haben wir das Korn gesät, und es ist nicht nötig, daß wir uns weiter darum kümmern. Verlassen wir diese Erde Judäa, die ohne Hoffnung ist.«

Da standen die beiden anderen Jungfrauen, die ihre Gesinnung teilten, auf, und warfen ebenfalls ihre Lampen gegen das Tor. »Nimm diese leeren Lampen, jüdischer Gott«, sagten sie. Und sie fügten eine Vielzahl beleidigender Worte an, wobei sie den Bräutigam mit Orcus verglichen, dem

Herrscher über die Toten, denn diese drei waren von griechischem Blut.

Dann flohen sie.

Und Agathe blieb allein mit Dorothea, und sie sammelten die Lampen auf, um sie den Gästen zu verkaufen, sobald sie herauskommen sollten.

★ ★ ★ ★ ★ ★ ★ ★ ★ ★ ★ ★ ★ ★ ★ ★ ★

Die Wege zur Liebe

Die Reise

Die drei Jungfrauen hatten ihr Gesicht in Richtung Orient gewandt und gingen so, wie das Wasser fließt, ohne daran zu denken, daß sie sich irren könnten, gleich dem Maultier, das keinen Verstand hat.

Fast fünf Tage waren sie ohne Unterbrechung gereist, außer in der einen Nacht, die sie unter einem Baum in einem kleinen Tal verbrachten. Die Glut ihrer Begierde und ihrer natürlichen Ungeduld war so stark, daß sie den Gedanken an eine weitere erfolglose Woche nicht ertragen konnten und sich entschlossen hatten, alles auf sich zu nehmen, um ihre Suche abzukürzen. Sie gingen geradewegs in Richtung Orient, geleitet von der Sonne oder von einer Art Instinkt, der sie weder in der Dämmerung noch vor Tagesanbruch an einer Wegkreuzung zögern ließ. Sie nahmen unfehlbar den richtigen Weg.

Eines Nachmittags, beim Durchqueren eines Wäldchens, schien es ihnen, als hörten sie von weitem den Lärm einer wilden und kriegerischen Musik: ein kaum vernehmbares Erzittern von Blasinstrumenten, dessen Echo der Wind ihnen zutrug und das sie sich nicht erklären konnten. Das Land schien überaus friedlich, und während der ganzen Reise hatten sie weder von ferne, noch von nahem Soldaten erblickt. Bald hörte das Geräusch auf, und der Wind sang seine Lieder im Laubwerk weiter.

Gegen Abend desselben Tages gelangten sie in eine kleine Ortschaft und entschlossen sich, dort die Nacht zu verbringen, jedoch vor Tagesanbruch wieder aufzubrechen; sie ahnten, kurz vor dem Ziel zu sein, und waren bedacht, nicht mehr Zeit zu verlieren, als die, die sie zum Schlafen brauchten.

Die Herberge, vor der sie hielten, sah jedoch so armselig aus, daß sie einen Moment überlegten, ob es nicht besser sei, noch ein wenig weiterzugehen und auf irgendeiner Wiese zu schlafen; große schwarze Wolken, die kurz vor dem Aufbrechen waren, brachten sie jedoch davon ab, und sie überschritten die Schwelle des kleinen Hauses.

Ein widerwärtiges Spektakel bot sich ihrem Blick, und sie schreckten zurück, als sie auf dem Estrich des Saales, in dem sie sich befanden, eine sturzbetrunkene alte Frau liegen sahen. Ein schmutziger und mit roten Flecken übersäter Kittel bedeckte kaum ihren schamlos den Blikken preisgegebenen Körper, und ihre Finger drückten dicke Trauben, mit denen sie sich das Gesicht beschmiert hatte; ein merkwürdiger Einfall hatte sie bewegt, sich eine Blätterkrone um die Stirn zu winden.

Beschämt über ihren schändlichen Zustand, hoben die drei Gefährtinnen die alte Frau rasch auf. Belohnt wurden sie durch eine Flut von Schimpfwörtern, die diese lallend von sich gab. Sie hatten Mühe, die Betrunkene zu bändigen, die sich mit für eine Person so hohen Alters überraschender Kraft gegen jede Berührung sträubte. Schließlich gelang es ihnen, sie zu einem armseligen Bett zu tragen, das sie in einer Ecke erblickten, wo die Alte sofort zu schnarchen begann.

»Irgendein schlechter Witzbold muß auf der Durchreise dieser armen Alten Wein zu trinken gegeben haben«, sagte Phoebe. – »Ich glaube vielmehr«, bemerkte die zweite der Schwestern, »daß sie unglaublich viele Trauben gegessen hat, um sich in einem solchen Zustand zu befinden, denn ich sehe nirgendwo eine Flasche oder einen Krug, und ich denke, daß sie keinen Wein getrunken hat.« – »Ich muß zugeben«, sagte die dritte, »daß all dies mich neugierig macht. Glaubt ihr nicht, daß wir von der Geschichte dieser Unglücklichen profitieren werden, die sie uns wohl erzählen wird, sobald sich der Nebel ihrer Trunkenheit verflüchtigt hat, und daß wir deshalb noch ein wenig länger hierbleiben sollten?« – »Ich bin um so mehr davon überzeugt«, antwortete Myrrha, die zweite Schwester, »als es hier einen Gegenstand gibt, dessen Herkunft, da bin ich mir sicher, einzig und allein sie erklären kann, und daß wir die Hinweise, mit denen der Himmel uns bedenkt, nicht außer acht lassen sollten.«

Und schnell hob sie einen kleinen Metallstab auf, auf den sie achtlos getreten war und der vollständig dem Regentenstab der Archonten Athens glich, nur daß ein Stück fehlte und eine Efeubanderole den Griff verzierte. Er endete in einer langen und starken Spitze, auf der irgendein Ornament zu fehlen schien. Dieser Gegenstand, dessen Bewandnis die Mädchen sich nicht erklären konnten, erregte ihre Neugier, und sie sprachen eine Weile über seine mögliche Herkunft, bis eine von ihnen vorschlug, schlafen zu gehen. Sie streckten sich in einer Ecke des wohl einzigen Zimmers des Hauses aus und schliefen ein, während ihre Wirtin schnarchte und der Regen wütend gegen Mauern und Dach zu schlagen begann.

Im ersten Grau der Morgendämmerung wurden sie von einer erregten Hand aus dem tiefsten Schlaf geschüttelt, und eine wütende Stimme schrie ihnen ins Ohr, sie sollten aufstehen und sich aus dem Staub machen. »Mein Haus gehört mir nicht mehr«, schimpfte die Stimme entrüstet, »wenn man wie der Wind eintreten und hier nächtigen kann, ohne vorher die Zeche zu bezahlen. Ihr müßt wirklich verrückt sein, wenn ihr glaubt, daß ich eine solche Unverschämtheit dulden werde. Los, aufstehen und raus hier, oder ich rufe um Hilfe!«

Phoebe kam sofort zu sich. »Gnädige Frau, möglicherweise würden Sie sehr viel höflicher sprechen, wenn Sie wüßten, daß Sie ohne uns die Nacht liegend auf dem Estrich verbracht hätten, schändlich den Blicken der Reisenden preisgegeben. Dank meiner Hilfe und der meiner Gefährtinnen, haben Sie in anständiger Weise im Bett genächtigt und nicht unmöglich auf den Boden gelümmelt.«

»Nur zu, du Schöne«, erwiderte die Wirtin. »Ihr tätet gut daran, mir keine Lügen aufzutischen; es sei denn, ihr bringt einen Beweis, der mich davon überzeugt, daß ihr nicht träumt oder versucht, mich auszunutzen.« – »Euch ausnutzen!« rief Phoebe aus, »seht doch nur auf dem

Boden die Reste der Blätterkrone, die man euch um die Stirn gelegt hat. Und seht auch diese von euch zerdrückten Trauben sowie die Flecken hier und auf eurem Kittel. Glaubt uns, daß wir aus reiner Barmherzigkeit gehandelt haben, als wir euch aus dem Durcheinander gehoben haben, in dem ihr lagt. Und was die Zeche betrifft, so ward Ihr gestern nicht in der Lage, sie entgegenzunehmen, hier ist sie ...« Und sie hielt der Alten ein Geldstück hin, eine Geste, die die Alte entwaffnete:

»Ihr sprecht wahrscheinlich die Wahrheit«, sagte sie, »denn alles hier kündet davon und ich erinnere mich jetzt vage an Gepolter und ein Fest.«

»Bitte versucht, Euch an alles zu erinnern«, bat Myrrha, die sich aufgerichtet hatte und der Szene aufmerksam folgte. »Wir sind auf der Suche nach einer Person, die wahrscheinlich durch dieses Land gezogen ist, und ich bin überzeugt, daß Ihr uns sehr helfen und uns auf den richtigen Weg führen könntet, wenn Ihr uns erzählen würdet, was hier gestern geschehen ist. Was waren das für

Leute, und was ist das für ein Zepter oder kleiner Stab, das ich zu meinen Füßen in diesem Zimmer gefunden habe?«

Beim Anblick des Metallstabes schien sich die Alte plötzlich an viele Dinge zu erinnern und überschlug sich mit einem Mal in Entschuldigungen und Danksagungen. »Verzeiht diesen Wutausbruch«, rief sie mit Nachdruck, »und glaubt mir, daß ich euch dankbar bin, mir die Schande erspart zu haben, von irgendeinem Einwohner dieser Stadt gesehen und zum Gespött des ganzen Landes geworden zu sein. Ich würde vor Verlegenheit sterben, mir auch nur einen Augenblick lang vorzustellen, daß andere, weniger Barmherzige als ihr, mich gesehen haben könnten, wie ich mich betrunken auf dem Boden gewälzt habe. Jetzt muß ich meine Schulden bei euch begleichen und eure Neugier so schnell wie möglich befriedigen. Ich werde euch von vielen Begebenheiten berichten, die mir dieses Zepter ins Gedächtnis ruft.

Gestern morgen saß ich auf der Schwelle meiner Tür; wie gewöhnlich webte ich und beklagte dabei innerlich, daß nur so wenig Reisende hier vorbeikommen. Plötzlich hörte ich den weit entfernten Lärm einer marschierenden Truppe. Zuerst war ich neugierig, dann bestürzt, denn ich bin ziemlich ängstlich. Die anderen waren auf dem Feld, und ich war allein mit einigen Kindern zurückgeblieben. Da meine Phantasie schnell dazu neigt, die Dinge zu übertreiben, und ich mir immer das Unheilvollste ausmale und das Schlimmste befürchte, sah ich mich schon als Opfer einer gewalttätigen Truppe von Banditen. Obwohl ich stark bin, wußte ich, daß ich zu alt und zu gebrechlich war, um zu fliehen, und ich suchte bereits nach einem Ort, an dem ich mich verbergen könnte, als ich aus einer Wolke, die am Horizont aufstob, drei rotgekleidete Reiter hervorkommen sah, die auf mich zu galoppierten. Voller Schrecken fiel ich nieder, hielt mir die Ohren zu, damit ich das furchtbare Galoppieren nicht hörte, und sprach die inbrünstigsten Gebete.

Die Reiter kamen heran. Alle drei sahen gut aus, so gut, daß ihr sie als Liebhaber bestimmt nicht verschmäht hättet. Meine Haltung brachte sie zum Lachen, und ich wußte, daß sie mich nicht töten würden, denn einer von ihnen sprang vom Pferd und half mir äußerst zuvorkommend beim Aufstehen. Diese Höflichkeit entzückte mich, und ich lud die drei jungen Männer ein, abzusteigen und sich in meinem ärmlichen Hause auszuruhen, was sie auch taten, nachdem sie ihre Pferde an einen Baum gebunden hatten. Danach bereitete ich ihnen eine Suppe zu, wobei ich mir viel Mühe gab und an Mehl und Milch nicht sparte, doch wollten sie davon nichts.

›Wir wissen deine guten Dienste zu schätzen‹, sagten sie mir, ›nimm als Dank diese Früchte, mit denen du dich in der Mittagshitze erfrischen kannst.‹ Und plötzlich sah ich alle drei beladen mit einer großen Menge Trauben; sie trugen sie auf dem Kopf, und auch ihre Hände quollen davon über. Erschreckt warf ich mich den drei Soldaten zu Füßen, denn ich hielt sie für reisende Götter und zitterte bei dem Gedanken an ihre Macht. Dann türmten sie die Früchte zu einem Haufen und gingen hinaus, ohne mich noch einmal anzusehen. Und ich sah sie in Richtung der Hügel dort drüben verschwinden.«

»Es waren wahrscheinlich Zauberer«, sagte die dritte Schwester, »oder auch Botschafter irgendeiner hiesigen Gottheit …«

»Ich genoß ihre Trauben«, fuhr die Alte fort, »so lange, bis ich die Dinge um mich nicht mehr wahrnehmen konnte. Ich glaube, dann seid ihr gekommen, um mir zu helfen. Ich erinnere mich, daß sie Griechisch sprachen mit dem Akzent Lakoniens. Es waren sicherlich Hellenen, denn sie trugen eine Heuschrecke aus Gold an ihrer Kleidung. Eine rote Chlamys bedeckte ihre Körper bis zur Taille, ein sehr kurzer weißer Rock vollendete ihr Kostüm, denn ihre Beine waren nackt, mit Ausnahme der Waden, die in rotledernen Schnürstiefeln steckten. Einer von ihnen hielt eine Art Zepter in der Hand, das von einem Tannenzapfen gekrönt wurde und von dem ihr einen Teil gefunden habt. Er stellte es neben sich ab, und da ich glaubte, daß es aus Gold sei, warf ich geschickt meinen Umhang darüber, so daß sie es vergaßen. Nachdem die Reiter fort waren, überschlug ich bereits den riesigen Gewinn, den ich damit erzielen würde, aber in Wahrheit war es nur aus Kupfer. Aus Ärger warf ich es zu Boden; dort habt ihr es gefunden.«

»Und der Tannenzapfen?«

»Der Tannenzapfen war nur ein Tannenzapfen«, sagte die Alte gereizt.

In Wahrheit war der Tannenzapfen aus Silber, und die Wirtin hatte ihn in ihrem Bett versteckt, was die Reisenden nicht wissen konnten. Sie verabschiedeten sich von der Alten, die ihnen den Kupferstab überließ und den Weg wies, den sie nehmen sollten, um die Reiter vielleicht noch einholen zu können.

Bevor sie sich trennten, fügte die Alte jedoch hinzu: »Der erste Reiter war ein junger Mann mit rotbeschmiertem Gesicht, in einer weiten safranfarbenen Tunika, die ihm um die Hüften fiel; seine Beine waren ebenfalls rot gefärbt, und das Pferd, das er ohne Sattel ritt und von dem er abgestiegen war, um mit mir zu sprechen, war mit großen dunkelvioletten Flecken bespritzt. Er schien der Anführer zu sein. Adieu.«

Dann schlugen die Mädchen den Weg ein, der zwischen Maisfeldern und Olivenhainen zu den Hügeln führte. Aus der Tiefe des grauen Himmels stieg langsam das Licht, begrüßt von den Chören der Heuschrecken und Laubfröschen; im feuchten Gras glitten zwischen Blumen kleine blaue Schlangen.

Nach zwei Stunden schnellen Marsches, in denen sie die Morgenfrische nutzten, gelangten sie an den Fuß der Hügel. Dort gerieten sie in starkes und dicht wachsendes Farnkraut, das kniehoch stand. Mit großer Anstrengung bahnten sie sich einen Weg und ruhten danach im Schatten einer großen Platane, um wieder zu Kräften zu kommen. Plötzlich sahen sie die drei jungen Männer, von denen die alte Frau gesprochen hatte.

Sie kamen aus einem Weidenwäldchen, gingen langsam und hielten ihre Pferde am Zügel. Erst wenige Schritte vor den drei Mädchen nahmen sie diese wahr. Einer von ihnen trug eine Mitra aus goldenem, mit Stickereien und Olivenblättern verziertem Stoff; seine schwarzen Haare waren lang und sorgfältig gelockt und fielen zu beiden Seiten seiner Stirn in gleichmäßige Zöpfe. Sein Gesicht war rot bemalt, und er schien der Anführer zu sein. Er begrüßte die Mädchen, indem er die Hand an Stirn und Mund legte. In seinen grünen Augen lag eine verschlagene Klugheit, doch blieben seine stark ausgeprägten und regelmäßigen Gesichtszüge ausdruckslos; sein Mund war voll und feucht wie eine üppige Frucht. Er war nackt. Seine Begleiter schritten ein wenig abseits, bekleidet mit purpurnen Kitteln, die mit weißer Seide bestickt waren. Sie trugen ihre Sandalen um den Hals gebunden und machten einen stumpfsinnigen Eindruck, obwohl sie sicherlich gehorsam und ehrerbietig waren; ihre Augen ähnelten Veilchen, und ihre zarten Wangen waren rosa wie die junger Mädchen.

»Wenn ihr keine Fremden seid«, sprach der Anführer und trat näher, »so weist uns den Weg. Wir haben uns verirrt. Gibt es keinen Weg, der um den Hügel herumführt?« – »Ach«, antwortete Phoebe, »müssen diese armseligen Lumpen uns verändert haben, daß ihr uns nicht als Töchter Hellas' erkennt und daß ihr mit uns wie mit Barbaren dieses Landes sprecht! Wir sind Griechen wie ihr, und wir suchen auch einen Weg, der uns auf die andere Seite führt.« – »Verzeiht«, erwiderte der Anführer, »daß wir nach einer List gegriffen haben. Ihr wißt sicherlich, daß einige Aufrührer sich gegen die Ankunft der Griechen verschwören. Deshalb habe ich euch wie Barbaren angesprochen, obwohl ich nicht das Gefühl hatte, daß ihr zu ihnen gehört. Nehmt unsere Dienste an und laßt uns, wenn ihr wollt, unseren Weg gemeinsam suchen.«

Sie erhoben sich eilig, denn die drei Männer erschienen ihnen um so schöner, als sie die ersten ihrer Rasse waren, die sie seit über einem Monat gesehen hatten. Ihre Haut schimmerte wie der polierte, im Licht glänzende Marmor von Pentelikon; die Augen der beiden Diener waren tief und leer und schienen nichts zu sehen, der Blick des Anführers jedoch war lebhaft und verriet kluge Gedanken; alle hatten eine schmale Stirn und große Hände, die erkennen ließen, daß sie

Griechen waren, ansonsten war ihre Bekleidung seltsam wie jene, die man in Athen bei den Sklaven sieht, die aus Pontos und Kappadokien verschleppt wurden. Sie lächelten.

»Laßt uns noch ein wenig ausruhen, bevor wir weitergehen«, sagte Myrrha. »Der Ort ist günstig für die Spiele Eros'«, fügte Phoebe hinzu, wobei sie die Augen niederschlug. Die drei Männer jedoch sprangen auf die Pferde. »Steigt hinten auf«, sagte der Mann mit der Mitra. »Es gibt viele Schlangen hier, und man behauptet, daß ihr Gift tödlich ist.«

Sie ritten lange, ohne den Weg zu finden. Der Star machte sich über sie lustig, und die Quellen, die unter den Weiden murmelten, taten so, als würden sie den Weg kennen, und dennoch nichts sagen wollen. Bald war es Mittag, und die Sonne stieg zum Zenit, von wo sie ihre Strahlen wie Stacheln auf die Erde warf. Da trieben die Reiter ihre Tiere mit den Fersen an und galoppierten verzweifelt drauflos, und die drei Mädchen umfingen sie mit ihren frischen Armen, und keines wußte, ob nicht die Angst ihre Verzweiflung langsam zu Lust werden ließ. Plötzlich klang der Weg unter den Eisenhufen der Pferde hart, und die Reisenden stießen Freudenrufe aus. Sie ritten durch ein liebliches Tal mit Wiesen voll summender Insekten und kleiner wilder Blumen, und es schien, als seien die Stimmen der Insekten die der Blumen. Gelbe Bäume neigten sich über den Pfad, und scheue Tiere suchten hier und da nach Eicheln und Feldthymian; ein Hirsch sprang vor den Reisenden und ein Fuchs betrachtete sie überrascht.

Als sie das Tal verlassen hatten, ließ der Mann mit der Mitra die Pferde anhalten. »Wir sind hier am Ziel unserer Suche«, sprach er. Und er zeigte auf eine Ebene, die sich so weit das Auge reichte ganz blau im Licht hinzog, und am Horizont von einer violetten Linie gesäumt wurde. »Eure Füße werden über weiche Gräser gleiten, und ihr werdet mühelos zwischen sanftduftenden Blumen gehen.« Und er wandte sich um, als wolle er seiner Begleiterin beim Absteigen helfen, doch es war eine List, denn er wußte, daß sie ihn begehrte und den Fuß nicht auf die Erde setzen wollte.

Tatsächlich schloß sie ihre Arme noch enger um ihn und gab keine Antwort. Währenddessen legten Phoebe und Myrrha ihre Wange auf den Nacken der jungen Soldaten mit den tiefen und leeren Augen und begannen zu weinen.

Da erhob der Anführer die Stimme: »Ich heiße Lysis von Peneios. Wollt ihr uns auf unseren Reisen begleiten? Bald werden wir zum Gros der Armee stoßen, deren Aufklärer wir sind. Ein reiches und freudiges Leben erwartet uns.« Phoebe ergriff das Wort: »Macht mit uns, was euch gefällt.« Und alle galoppierten davon und tauchten ein in das dichte Gras, wie in das Wasser eines großen Sees.

Sie galoppierten den ganzen Nachmittag. Die Pferde waren groß und stark, und ihr Ritt hatte den erregenden Rhythmus von Wellen, die schwere Galeeren tragen und sich unter dem Bug der Schiffe zerteilen. Die Luft sang von heldenhaften Dingen mit der grellen Stimme der Pfeifen, und die Haare der drei Mädchen flatterten im Wind wie dunkle Vögel. Tiefschwarz erstreckte sich die Ebene unter dem blaugrünen Himmel. Wolken richteten sich am Horizont zu Türmen und Mauern auf, um ihn zu schließen und gegen die Eindringlinge zu verteidigen. Doch in der Ferne lächelten die Hügel in der Sonne und offenbarten sanft ansteigende Hänge.

Plötzlich streckte Lysis von Peneios die Arme aus, und von der Erde und dem Himmel trunken scherzte er: »Sieh, die Wolken sind unbeweglich.« Da hob das Mädchen den Kopf zu dem unerreichbaren Himmel; und weil Lysis ihr gesagt hatte, daß die Wolken unbeweglich seien, glaubte sie es und bekam Angst, denn die Ebene hatte begonnen, sich in alle Richtungen zu drehen, auf- und niederzusteigen wie ein Schiff auf hoher See. Sie schlang ihre Arme fester um die Brust des Mannes und schloß die Augen. »Möge deine Seele«, sagte er, »sich den mächtigen Illusionen der Liebe genauso hingeben.«

Gegen Abend hörten sie den Gesang der Hirten und sahen von weitem geschorene Schafe, die sich vor einem großen schwarzen Hund und vor Knaben mit strengem Profil zusammendrängten. Die vom Boden aufsteigende Kühle erfrischte die Pferde; sie senkten den Kopf und bogen den Hals, wobei sie mit ihren rosa Nüstern beinahe die Blumen berührten; dann begannen sie zu galoppieren, bis sie den Hügelkamm erreichten, den sie am Mittag gesehen hatten.

Hier waren die Reisenden entzückt von dem, was sie erblickten. Vor ihren Füßen endete abrupt der Boden und fiel senkrecht ab, gleich einer Steilküste, die sich über dem kaum bewegten Meer erhebt, und die Männer wichen zurück, um ihre Pferde nicht in die Leere zu treiben. Sie sahen eine vom gelben Licht der Dämmerung durchflutete, sich ins Unendliche erstreckende Ebene, die von einem Fluß durchquert wurde. In den Strahlen der untergehenden Sonne flammten vereinzelt kleine Wälder auf, und große Wolken waren gleich schillernden, mit Gold durchwirkten Stoffen quer durch den Himmel gespannt. Große grausame Vögel flogen langsam die Uferböschung des Flusses entlang, ihre Beute ausspähend. Plötzlich versank die Sonne hinter dem Wall des Hochlandes, das sich in der Ferne abzeichnete, und die Ebene wurde blau wie auch der Himmel, und ein trauriger Gesang stieg in die Luft des Abends auf.

»Jetzt beugen die Götter ihre Köpfe«, sagte Lysis, »und denken an jene, die starben, weil sie sie geliebt haben. Apollon hält den Körper Hyacinthes in seinen Armen und seufzt.« Dann erschienen kleine Sterne am Himmel wie Blumen. In der Tiefe eines Tals jammerten die Eulen mit zitternder Stimme. »Sieh, sieh«, sagte Phoebe, »die wunderbare Stadt!«

Und sie wies auf die Fata Morgana, die aus dem Dunkel trat; rosa und leuchtend lag sie über der nächtlichen Ebene. Sie zählte die Zinnen der Paläste und die Säulen der Tempel; sie entdeckte die Portale der Mauern und die hohen Fenster, wo sich die Armbrustschützen aufstützten, und die grünen Kupferkuppeln auf den schmalen Türmen; sie sah die Emaille-Fresken, in denen Löwen und bärtige Stiere vorbeizogen; sie sah die feuerfarbenen Banner, die rotgoldenen Sonnenschirme und die Fächer, die sich wie Palmen im leichten Wind über die weiß und scharlachrot gekleidete Menge beugten.

Aber der Wind erhob sich wie eine große Welle und brandete über den Himmel; dann löste sich die Vision auf.

»Das war Stadt Zephyrs«, sagte Lysis, »er hat sie mit sich fortgerissen.« – »Das war die Stadt, die die Götter für die Toten erbaut haben, die im Himmel umherirren und keinen Ort haben, um sich auszuruhen«, sagte Melitta, »aber die Toten dürfen keinen Frieden finden, und darum hat ihre Stadt nur einen Moment überdauert.«

Die Pferde wieherten in der Brise, ihre Körper dampften, und ab und zu zitterten sie und scharrten den Boden mit ihren Hufen. »Gehen wir«, sagte Lysis. »Der Wind nimmt zu, suchen wir einen Unterschlupf.« Doch sie blieben noch einige Minuten und betrachteten den schimmernden Horizont und wickelten sich in lange Mäntel, da es kalt wurde.

In den Wäldern ging der Wind klagend von Baum zu Baum, und die Bäume gestikulierten, als wollten sie sagen, daß sie nichts dafür könnten. Das Laub des vergangenen Jahres glitt mit dem Geräusch strömenden Wassers über den Boden, und die Flamme, die auf der Waldlichtung leuchtete, legte sich wie eine große purpurfarbene Blume nieder. Die Reisenden hatten sich nach vorne gebeugt und um das Feuer gesetzt; ihre Gesichter waren traurig, und die drei Pferde hinter ihnen schienen stille Gespenster zu sein.

Lysis hatte den Kopf gebeugt, und sein Gesicht lag im Schatten, aber seine Augen glänzten und betrachteten die Flammen. Er hatte seinen Umhang geöffnet, und die Wärme des Feuers streichelte seinen gebräunten Leib; sein Oberkörper war schmal wie der eines Knaben, und die glatte Haut schimmerte, wo die Muskeln hervortraten, wie Seide. Es war windig, und die Flammen griffen nach ihm wie gierige Arme, dann wurde sein Gesicht im plötzlichen Aufflackern des Feuers sichtbar. Es war ernst wie das eines Kindes, und seine pfirsichfarbenen Wangen hatten nicht den Anflug eines Flaumes. Seine Augen waren so klar, daß alles sich in ihnen spiegelte. Flehend warf Melitta sich ihm zu Füßen und breitete ihre Haare wie einen schwarzen Strom auf den Knien des Mannes aus. Mit dem Gesicht auf der Erde weinte sie. »Lysis, die Götter Athens sahen mich mit ihren Steinaugen an, und ich hatte Angst, daß ihr Gesicht lebendig wird, denn ihre Schönheit ist schrecklich. Du aber bist schön wie die Götter Athens, und dein Antlitz lebt.«

Lysis begann zu lächeln, und Tränen liefen über seine schönen Wangen; mit den Fingern streichelte er das Haar der Knieenden. »Liebe die Götter Athens«, sagte er, »die Steingötter mit den gelockten Haaren.« Während er sprach, kam ein Walddämon aus dem Dickicht und setzte sich neben ihn. Er war groß, und sein Körper war gelb wie junge Äste, deren Rinde man entfernt hat. Girlanden aus langen braunen und grünen Blättern bedeckten seine breiten Schultern. Seine Stupsnase verlieh ihm einen schelmischen Ausdruck, seine schwarzen Augen aber waren unschuldig, und sein vom Saft wilder Früchte verschmierter Mund lachte. »Erzähle mir eine Geschichte«, bat er Lysis. »Ich langweile mich, so ganz allein in den Wäldern.«

»Hast du im Wald keine Gefährten?« fragte Melitta.

Der Dämon betrachtete das Mädchen und lächelte, denn sie war schön und ganz rosa im Schein der Flammen. Plötzlich sprang er auf sie zu und drückte sie an sich, aber ein Soldat warf ihm mit einer Speerspitze Glut gegen die Beine, und der Dämon schrie auf. Dann setzte er sich wieder und sprach zu dem Mädchen: »Du bist schöner als die Teichnymphen; vor lauter Nichtstun werden sie rund wie Wachteln. Du aber ähnelst Salmakis, deine Beine sind lang und schlank.« – »Laß sie in Ruhe, wenn du dich mit uns aufwärmen willst«, sagte Lysis, indem er ein wenig beiseite rückte, um ihm Platz zu machen. »Setz dich zwischen uns.« Der Dämon hockte sich ins Gras und drückte aus Spaß seine Finger in Lysis' Schultern, so wie man Orangen abtastet, um zu prüfen, ob sie fest sind. »Du bist stark, und du bist hübsch«, sagte er, »fürchte die Liebe der Götter und der Faune!« Und er schnitt eine Grimasse, die sein Gesicht wie ein Tuch in Falten legte. Er war so komisch, daß die Soldaten zu lachen begannen. Der Dämon betrachtete sie und begehrte ihre roten Chlamys und ihre Gürtel aus gelbem Metall; er erhob sich und tat einen Schritt auf sie zu, aber da er nicht wußte, was Feuer ist, setzte er seinen Fuß mitten in die Glut und sprang, vor Wut und Schmerz aufheulend, zurück. »Ihr seid böser als Satyre«, schrie er. »Mögen die Götter euch bestrafen!« Dann flüchtete er in den Wald. Die Zweige knackten unter seinen Schritten, und man sah seinen großen gelben Körper humpelnd hinter den Bäumen verschwinden, und lange noch gab das Echo seine Schreie zurück.

In der Morgendämmerung kam er zurück. Um die Wunden zu heilen, war er in einen Teich gesprungen und hatte das Bein mit bitter riechenden Pflanzen eingerieben. Unter Büschen ausgestreckt, hatte er die Gruppe der Reisenden belauert, und als er bemerkte, daß das Feuer erloschen war, schlich er vorsichtig näher: Alle schliefen.

Mit einem Handgriff beraubte er die Soldaten ihrer Chlamys, und mit Wonne rieb er daran sein Gesicht; diese Farbe entzückte ihn, und er hätte sich gewünscht, daß sie flüssig wäre und er sie hätte trinken, sie über den Körper schütten und sich von Kopf bis Fuß in sie einhüllen können. Da er aber nicht wußte, wie er die Kupferschnallen benutzen sollte, wand er die Chlamys auf seinem Kopf zu einem Turban. Höchst vergnügt begann er zu tanzen, bis er sich an Melitta erinnerte und sie im Zwielicht suchte.

Sie schlief ausgestreckt auf dem Rücken, Speichel lief aus ihrem offenen Mund. Ihre schwarzen Haare vermischten sich mit dem Laub, ihr Körper aber war so weiß wie die Milch, mit der die Hexen den Boden tränken, um die Hölle zu besänftigen; ihre Haut duftete nach kunstvollen Parfums und Gewürzkräutern, die man zu Ehren Pans pflückt. Wie sie dalag und ihre kleinen spitzen Zähne in einem zufriedenen Lächeln entblößte, erinnerte sie an ein schlafendes junges Wiesel und an viele andere anmutige Tiere mit weißem Bauch. Auf allen vieren hockte sich der Dämon über den Körper des Mädchens, legte seine Hände zu beiden Seiten seines Kopfes und betrachtete es schweigend. Nach einer Weile beugte er die Ellenbogen und pflückte vom halbgeöffneten Mund der schönen Schlafenden den Namen Lysis, den sie undeutlich murmelte …

Endlich floß Licht über das Laub und vergoldete die Stämme der Bäume. Die Soldaten erwachten nackt und zitternd und schimpften: »Unsere Chlamys!« und rannten auf der Lichtung umher, wobei das morsche Holz unter ihren Füßen knackte.

Währenddessen preßte Melitta voller Dankbarkeit Lysis' Finger an ihre Lippen, der nicht begriff, aber gleichgültig lächelte. Seine von Sonne umflossenen Gliedmaßen waren durchsichtig wie jene Steine, die die Lichtstrahlen durchdringen, seine Augen glichen feuchten Blumen im Morgentau. Er reckte sich und stand auf. »Frauen«, sprach er, »richtet die Falten meines Umhangs. Da meine Soldaten nackt sind, muß ich bekleidet sein, damit man weiß, daß ich ihr Herr bin. Vor allem muß ich schöner erscheinen als sie.« Voller Eifer umringten ihn die drei Frauen und richteten den purpurnen Umhang an seinen Gliedern; sie waren so geschickt, daß die Falten all seinen Körperbewegungen folgten, ohne sich zu brechen, und der Stoff liebevoll und lebendig erschien.

Schließlich brachen sie auf. Die beiden Soldaten marschierten göttergleich voran. Einige Schritte hinter Lysis folgten die Mädchen und hielten die Pferde am Zügel. Graue Eichhörnchen beäugten die Vorbeigehenden, und geschwätzige Elstern überhäuften sie mit Gelächter. Ein Weg, der mit dicht wachsenden Bäumen gesäumt war, die sich gleich dicken Mauern über ihre Köpfe erhoben, führte sie ins Tal; stellenweise erschien der Himmel wie ein schmales, schüchtern-grünes Band, den ein Krähenschwarm mit schweren Flügeln durchkreuzt. Gegen Mittag erreichten sie das hohe und trokkene Gras der Ebene und streckten sich am Ufer des Flusses aus. Das frische Wasser floß mit monotonem Gesang verschwenderisch dahin und trieb zwischen seinen Ufern, wo Luzerne und Majoran spiegelverkehrt wuchsen, pralle weiße Wolken mit sich. Manchmal beobachteten sie treibende Zweige voller winziger Vögel, die inmitten der noch gelben Blätter mit durchdringender Stimme sangen, und manchmal tauchten monströse Tiere an die Oberfläche, betrachteten sie mit ihren meergrünen Augen und glitten wie Klapperschlangen in die Tiefe des gespiegelten Himmels zurück.

Gern hätten sie dort schlafend im Gras den ganzen Tag verbracht, denn die lauwarme, duftende Erde verbreitete eine köstliche Betäubung. Lysis begriff jedoch, daß Hexen die Ebene verzaubert hatten und daß sie dort nicht verweilen durften. So sprangen sie aufs Pferd und galoppierten fort. Als die Hügel allmählich zu Schatten wurden, erreichten sie den Saum eines Tannenwaldes, der älter als Hellas und die Erde der Barbaren war. Sie machten halt, denn der Wald war heilig und jedem Baum wohnte ein prophetischer Geist inne; Lysis schlug den Zipfel seines Purpurmantels über den Kopf und setzte voller Ehrerbietung den Fuß auf die Erde.

Der heilige Wald

Die Erde unter ihren Füßen war rosa und braun wie die Haut eines Hirten und ganz frisch, denn die Sonne drang nicht durch die dichten Zweige der Tannen, so daß der Wald auch am hohen Mittag noch dunkler war als ein Tempel. Es herrschte eine furchtbare Stille, gleich der Stille, die die Altäre der unterirdischen Götter umgibt. Ab und an erhob sich bedächtig ein Rabe; seine Flügel glänzten wie Eisen, und kreisend stieg er ins traurige Astwerk auf, bis er in der Tiefe der Dunkelheit verschwand. Nach einer Weile hörte man ein weit entferntes Krächzen und sehnte sich nach dem Tod, denn plötzlich erschien das Leben nichtig und der Tod unendlich wünschenswert. Lysis wußte aber, daß Zauberinnen aus Thessalien zu Füßen der Bäume begraben waren, und widerstand der Versuchung, sich niederzulegen. Seine Begleiter weinten: »Halt an, Lysis, ruhen wir uns aus. Hier ist die Erde weich, so weich wie ein Haarschopf.«

Er aber ermunterte sie mit Worten, und schlug sie ab und zu in seiner Ungeduld.

Melitta umfing Lysis mit liebkosenden Armen. »Mit dir möchte ich sterben, hier in diesem bitter duftenden Wald. Ich möchte mich mit dir über die schwarzen Wasser der höllischen Flüsse beugen.«

Und sie taumelte im Schwindel des Todes. Ihre Füße waren wie zwei umherirrende Tauben, denen man die Flügel gestutzt hatte, aber Lysis stützte sie mit seinem Arm. »Beuge dich lieber über den Abgrund des Lebens«, sprach er zu ihr. »Laß die Toten die geruchlosen Blumen pflücken und vergebens an den Ufern des Tartarus seufzen.«

Die beiden jungen Soldaten warfen sich ihm zu Füßen: »Wir wollen sterben«, riefen sie. »Was gibt es Süßeres als die Ruhe der Toten?« Und sie faßten sich bei den Händen und schlossen die Augen. »Ihr seid wahnsinnig«, sagte Lysis, »die Toten ruhen niemals.« Und er mußte sie hochziehen, denn sie waren bereits eingenickt, und ihre braunen Köpfe neigten sich zur Erde.

Die Luft wurde dunkler und trug eine duftende Brise mit sich; es war der Wind der Ebene, der in den Zweigen erstarb. Die schweigende Nacht durchquerte den Wald.

»Wir haben Angst«, sagten die Mädchen in der Qual ihrer Liebe, »und unsere Begierden sind unerfüllt und quälen uns. Käme der Tod zu uns, würden wir ihn begrüßen wie einen Bruder. Vielleicht können wir sterben, wenn wir auf der Erde einschlafen.«

Lysis antwortete: »Ich habe den reinen Wein des Mutes getrunken, und ich will nicht sterben, auch wenn mein Körper nach Ruhe verlangt und die Erinnerung an die Wollust mich erregt.« Fast im selben Moment erschienen die Bäume größer und der Wald feierlicher. Undeutlich flogen die Worte hinauf in die Baumwipfel, und in der Ferne hörte man den Gesang wunderbarer Stimmen. Lysis ließ den Umhang von seinen Schultern gleiten. Seine Nacktheit leuchtete in der Finsternis, er legte seine Hände um den Mund und rief: »Io Paean!«

Das magische Wort weckte die Echos, und die Schatten traten aus der Erde und murmelten Beschwörungen.

Der Ruf lag noch auf seinen Lippen, als in der Nähe eine fröhliche und triumphale Musik ertönte. Silberne Trompeten schmetterten und übertönten mit ihren spitzen Stimmen den dumpfen Klang der Hörner und Tympanons. Unaufhörlich grollten Trommeln wie ein Gewitter, und ein Stab schlug den Takt auf ein Blatt aus Metall. Und als würde diese Musik leuchten, hellte sich der Wald bei ihrem Näherkommen mehr und mehr auf, und die Geister verblaßten und seufzten dumpf. Plötzlich erschien der Tag. Die Schatten der Tannen legten sich auf die braune Erde an ihrem Fuß schlafen.

Die Reisenden rissen die Augen weit auf: Diese so plötzliche Veränderung erfüllte sie mit Überraschung und Schrecken, und sie blieben reglos stehen. Ein lärmender Festzug näherte sich der kleinen Gruppe. An der Spitze marschierten schwarze Riesen; sie hatten Tierfelle umgebunden, deren Pfoten gegen ihre Beine schlugen. Ihre Köpfe waren umkränzt von weißen Blumen; ihre Haare waren lang, und ihre Locken wurden von schmalen Bändern gehalten, die an beiden

Seiten ihres Gesichts zu Schleifen gebunden waren. Mit ernstem Gesicht schlugen sie riesige Paukenbecken. Um sie herum tanzten Frauen; sie trugen rote, gebauschte Satinhosen und waren unterhalb der Taille mit feucht-schillernden Schlangen gegürtet. Auf dem Kopf hatten sie ihre schwarzen Zöpfe zu gewaltigen pyramidalen Haarknoten getürmt; breite biegsame Federn, die sich träge auf und ab neigten, waren in ihre Haare gesteckt. Ihre Gesichter waren sorgfältig geschminkt, und ihre Augen, deren Lider außen und innen bläulich gefärbt waren, waren verlängert bis zu den Schläfen. Das Innere ihrer Nasen war von starkem Rot, und ihre Lippen schienen schwarz. Sie lächelten ohne Unterlaß und tanzten schweigend.

Dann kam eine Menge Aigipane mit grünen Pupillen. Einige hatten sich obszönerweise Blättergürtel umgelegt, die Mehrzahl jedoch war – aus Unschuld oder Scham – vollkommen nackt. Ihre Haut hatte den zarten Schmelz von Kinderwangen, denn sie waren jung, und ihre geschmeidigen, gebräunten Körper erinnerten an wilde

Tiere, die im Unterholz kriechen, ohne das Laubwerk zu berühren, und die bis zu den tiefhängenden Ästen der Eichen und Sykomoren hoch springen, ohne den Schlaf der Vipern zu stören. Sie rannten in alle Richtungen, stießen Schreie aus und hüpften auf einem Bein. Oft streiften sie mit den Schultern die nackten Rükken der Bajaderen, aber die Schlangen bewegten ihre kleine Zungen und zischelten furchterregend.

Hinter ihnen ging dicht gedrängt die Schar der Musikanten. Es waren dicke Eunuchen mit gewaltigen Rücken, die in den Fluten eines Musselinrockes verschwanden. Sie gingen im Gleichschritt, und ihr weiches Fleisch zitterte im Takt; mit einer Stimme, von der die Lilien am Ufer kristallklare Bäche erbebten, sangen einige einen Dithyrambus. Andere glitten mit ihren dicken Lippen über die Löcher einer Schilfrohrflöte, und ihre kahlen, glänzenden Köpfe neigten sich bei schwierigen Stellen alle zur selben Seite. Schließlich schlug der Gewaltigste von allen, ein fettleibiges Monstrum, mit sanften, zarten Gesten die Triangel. Seine Taille glich einem Faß, und sein Kopf saß inmitten des Körpers; sein Bauch wölbte sich vor wie das Blatt eines Farnes und sein überdimensionales Gesäß bebte unter dem Musselin. Die Erde stöhnte voller Schmerz und Erschöpfung unter seinen Schritten.

Schließlich erschien eine Sänfte mit acht Trägern, deren Vorhänge geschlossen waren. Sie war viereckig, weiträumig und schwer. Metallornamente, die eine Weinrebe darstellten, bedeckten die kostbaren Holzstützen; die Trauben schienen aus Kupfer, der Stiel und die Ranken aus Bronze und die Blätter aus altem Silber zu sein. Das Ganze entfaltete sich um Maskarone aus Marmor und Achat mit langen, sorgfältig gelockten Haaren. Die Vorhänge aus hellgelbem Leder fühlten sich weich an und verströmten Moschusduft; sie endeten in langen weißen und braunen Seidenfransen, die sich ein wenig teilten und den Blick auf weitere Satinvorhänge von erstaunlicher Pracht freigaben. Darüber hinaus sah man vier Tannenzapfen in den Ecken des Baldachins und einen dort, wo er sich am höchsten wölbte.

Aus dem Inneren der Sänfte befahl eine Stimme anzuhalten, und die acht Träger setzten ihre Last mit größter Vorsicht ab. Es waren große nackte Neger aus Äthiopien, die Kränze aus weißen Federn im Haar trugen. Sie kreuzten die Arme und blieben regungslos stehen. Dann öffnete eine gebräunte Hand lässig den Brokatvorhang. Lysis zog den Mantel über seinen Kopf und ging einige Schritte auf die Sänfte zu. »Dir zu Füßen«, sprach er, »wirft sich Lysis, freier Mann aus Peneios.« Er warf sich auf die Knie und küßte die Erde. Die Hand gab ein Zeichen, und Lysis trat näher. »Nimm neben mir Platz«, sprach die Stimme. »Deine Leute können den meinen folgen.« Da schob Lysis die Vorhänge beiseite und stieg ein.

Alle möglichen Stoffe bedeckten das Innere der Sänfte. Einige waren aus Seide und von langen Bändern in sprühenden Farben durchzogen, wie sie die Frauen aus Parthenope weben; andere waren aus Leinen und von Ägypterinnen mit schwarzer Wolle bestickt. Wieder andere waren ganz einfarbig und unterschieden sich nur durch die Feinheit des Gewebes; ein Stoff jedoch war so fein gewirkt, daß man weder den Kett- noch den Schußfaden sah, und er sich wie eine zarte und sanfte Haut anfühlte. Sicherlich hatte man ihn sehr oft in die Kreide der Walkmühlen getaucht, denn er schien so weiß wie die Flügel der Möwen über schwarzem Gewässer zu sein.

Auf einem Stapel orientalischer blüten- und pflanzenbestickter Kissen ruhte der junge Mann, dessen Hand die Vorhänge geteilt hatte, um Lysis heranzuwinken. Ein Leinenkleid mit langen, fließenden Falten bedeckte ihn von den Schultern bis zu den Fußknöcheln; große Silber- und Amethyststreifen beringten seine entblößten Arme. Auf seinem Gesicht lag eine traurige Anmut. Seine Augen waren blau, ihre Höhlen jedoch so tief, daß sie unter den violetten Lidern beinahe schwarz schienen. Er sprach mit träger Stimme und streichelte die Schlappohren einer Hündin mit lockigem Fell, die auf einem bleichen Kissen schnarchte.

»Der Tag dämmert gerade erst«, sagte er, »die Luft ist noch kalt. Ich rate Euch, Euren Umhang anzubehalten. Ihr seid von der thessalischen Einheit, nicht wahr?« – »Ja«, antwortete Lysis, aber nur, weil er seinem Feldherrn nicht widersprechen wollte, denn dieser kam aus Mazedonien. – »In diesem Fall werdet Ihr mir erklären, kraft welcher Verzauberung dieser Wald so dunkel und so schwer zu durchqueren ist.« – »Er ist es«, antwortete Lysis, »weil man hier viele Hexen begraben hat, deren zürnende Seelen uns den Weg nicht freigeben wollen.« – »Ah!« sprach der junge Mann mit dem Leinenkleid, »darüber wird man mit den Hierophanten sprechen müssen.« Diese Bemerkung erschien Lysis dumm, und er war versucht, darüber zu lächeln, hielt sich aber zurück. Außerdem war Echekrates so schön, daß man es ihm zugestand, keinen großen Verstand zu haben.

»Bewundert meine Hündin«, sagte er mit zerstreuter Stimme. »Sie stammt aus dem Land der Kimmerer, und ich habe sie Hortense genannt, weil der Name ihr ähnelt.«

Bald darauf ließ er die Musikanten schweigen. »Diese Melodien sind ermüdend«, sagte er, »aber sie sind vorgeschrieben. Die Vorschrift liebt und erlaubt nur kriegerische Klänge; ich dagegen liebe das Wollüstige und Anmutige. Ihr werdet mir sagen, daß eine sinnliche Musik nicht dazu angetan ist, eine Armee in Gang zu halten; wollt Ihr dennoch, daß ich Euch mit einem Zwischenspiel erfreue, das ich selbst erdacht habe?«

Und ohne eine Antwort abzuwarten, die im übrigen nicht kam, steckte er den Kopf aus der Sänfte und rief drei der an der Spitze marschierenden Neger. Sie hatten ihre Zimbeln an eine Kordel gebunden, die ihnen die Hüften einschnürte, und beim Marschieren schlugen die glänzenden Scheiben gegen ihre Schenkel. »Bringt mir den Flötisten Gazou«, sagte Echekrates zu ihnen. Gleichzeitig gab er den Befehl anzuhalten. Gazou wurde sofort herbeigebracht; er war der dickste unter den Flötisten, und seine Haut ähnelte der Haut eines Hähnchens, wenn sie gar ist, glänzt und unter dem brodelnden Fett aufplatzt. Sein Gesicht bot das Schauspiel der mit dem Schrecken ringenden Hoffnung. Er hielt seine Flöte so, als könne sie ihn beißen.

»Mein Freund«, sprach Echekrates mit liebreicher Stimme, »Ihr spielt wie ein Gott. Wie angenehm wäre es daher, Euch in der Tiefe der Wälder zu hören, wie Ihr auf Eurer Flöte eine kleine ländliche Fantasie spielt ...« Ein Schmerzensschrei unterbrach ihn, und Gazou warf sich mit den Anzeichen tiefster Verzweiflung zu Boden. Er bewegte die Arme wie eine Pythia, und sein Bauch schwabbelte wellenartig in alle Richtungen. »Gnade, mein Gebieter«, rief er. »Habt Erbarmen. Was werdet Ihr dem Herrn sagen, wenn er von Euch Rechenschaft über Eure Musikanten fordert?« – »Beachte, du Idiot«, sprach Echekrates, »daß dein Heil ausschließlich von dir selbst abhängt. Denn wenn du unser Ohr angenehm kitzelst, hast du dein Leben gerettet, doch natürlich nur, wenn wir dich immer noch deutlich nach einer Dreiviertelstunde Marsch hören; andernfalls überlasse ich dich deinem Schicksal und schicke niemanden, dich zu erlösen.« Er machte eine kleine Pause, lachte ein wenig und befahl den Negern: »Bindet ihn mit unserer stärksten Kette an den Baum dort, denn Gazou ist stämmig, und außerdem hat er die Hände frei.«

Dann, ohne auf das Flehen des unglücklichen Flötisten zu hören, lehnte er sich in seine Sänfte zurück und sprach zu seinem Begleiter: »Ihr werdet etwas Seltenes zu hören bekommen.« Und einen Augenblick später setzte sich der Zug wieder in Bewegung.

Die Sonne drang durch den Morgennebel und wie eine neugierige Hand hob die Brise die Vorhänge der Sänfte. Plötzlich erhob sich eine klagende und schmerzliche Melodie: Es war Gazou.

»Höre, Lysis«, seufzte Echekrates, den diese fließende Musik bewegte, »ist das nicht Ariadne bei ihrem Erwachen am verlassenen Ufer? Höre diese Triller; würde man nicht meinen, es sei ein verzweifeltes, von seiner Mutter verlassenes Rehkitz? Welch wollüstige Traurigkeit! Wie alles sich miteinander verbindet, welche Leichtigkeit! Ach! Gazou wird nicht so leicht zu ersetzen sein.« – »Wie«, rief Lysis aus, »Ihr seid entzückt von seinen Bemühungen und werdet nicht Befehl geben, ihn zu befreien?« – »Ach, Lysis, haben die köstlichen Laster Hellas deine Seele noch nicht veredelt? Weißt du nicht, welche Lust der Todeskampf eines Musikers bereiten kann, und dann noch eines Musikers, der so spielt? Höre – das Leben dieses Mannes haucht sich in der Stimme seiner Flöte aus, und sein Herz bricht sich in jenen Noten. Alle Inbrunst der Musiker der Inseln vermögen die Leidenschaft des Lebens und den Schrecken des Todes nicht besser auszudrücken.«

Alsbald erklang die Musik entfernter, und diese Entfernung erhöhte ihre Traurigkeit. Die tragische Stimme der verlassenen Flöte ging in ein herzzerreißendes Lied über. Da bedeckte Echekrates sein Gesicht und weinte.

Sie durchquerten Ebenen und Flüsse. Das mittagswarme Gras raschelte unter den Schritten der Sklaven, und das abendfeuchte und biegsame Gras erfrischte ihre nackten Beine. Am frühen Abend folgten sie dem Kamm duftender Hügel, die Sonne verschwamm in der Tiefe des Himmels, die Luft, die Wälder und die Wiesen schienen verschiedenfarbige Gewässer zu sein, die ineinanderflossen.

»Erinnert das nicht«, sprach Echekrates, »an die furchtbare Illusion des Todes, mit der die Augen der Sterbenden auf dem Schlachtfeld sich füllen und die von den Dichtern beschrieben wurde?«

»Wenn vor den Augen der Menschen der Tod lauert«, entgegnete Lysis, »beginnt die Natur sich wie ein großes Rad zu drehen, die Bäume fliegen durch die Lüfte, und die Hügel springen wie Herden. Dann werden die Sterbenden von einem furchtbaren Schwindel ergriffen und stoßen Schreie aus, bis sie vergehen. Heute abend jedoch sind die Felder ruhig und die Wälder still, und die Erde singt, um das Geheimnis der Dunkelheit anzukündigen.«

»Bedecken wir uns, Lysis«, sprach Echekrates nach einer Weile, »und ziehen wir die Vorhänge zu. Ich habe Angst vor den großen Vögeln dort; sie fliegen so niedrig, daß es mir vorkommt, als belauerten sie uns.« Und er warf sich in seine Kissen zurück.

Plötzlich erhoben sich gleich weit entfernten Stimmen Flammen vom Grund eines schwarzen Tals. Sie erschienen heldenhaft, allein im Dunkel, das sich wie ein Fluß ausbreitete.

»Das ist der Vorposten«, sagte Echekrates, »wir sind am Ende der Reise, Lysis.« Und er lehnte sich in seine Kissen zurück.

Der Gott des Feuers

Lysis stieg aus der Sänfte. Die Stämme der Tannen hoben sich gegen ein rotes Licht ab, das wie eine riesige Abendsonne aus der Tiefe der Wälder drang; Vögel begannen sehr tief zu fliegen und umflatterten die zitternden Reisenden. Plötzlich füllte sich der Wald mit einem dumpfen Gemurmel, das den Stimmen der Erde und der Toten ähnelte, und zwischen den Bäumen tauchten große schwarze Gestalten auf. Sie kamen beharrlich und still näher. Sie kamen wie die schauerlichen Träume inmitten von Winternächten und wie die traurigen Gedanken in der Seele alter Menschen. Sie waren schweigsam, eifrig und unzählbar. Die gespenstische Menge hielt wenige Schritte vor Lysis und seinen Gefährten an und betrachtete sie mit ihren toten Augen.

Lysis versuchte, sich einen Weg zu bahnen, und erhob sein Zepter, doch sobald er schlagen wollte, schlossen sich gegen seinen Willen seine Augen, wie unter einem machtvollen Zauber.

Da stellte er sich auf die Zehenspitzen und rief mit aller Kraft: »Io Bacche!«

Sie gingen weiter und hielten nicht weit vom Feuer. Die Nacht war still; weiße Bäume sprangen aus der Dunkelheit. Echekrates war aus der Sänfte gestiegen, und gemeinsam mit Lysis hatten sie sich in lange Mäntel von trauriger Farbe gehüllt; sie gingen durch welkes Laub, das unter ihren Schritten den pfeifenden und fließenden Namen unentwegt murmelte, den der Mensch niemals erfassen wird.

Das Feuer wand sich und verknotete im weißen Rauch die Flammen wie rote Seile. Es stieg aus einem Haufen alter Blätter, die es in purpurne Blumen verwandelte, die sich in der Luft verwirbelten und nach denen die Flammen sprangen, um dann zu verschwinden; erneut wand das Feuer Flammen, die es im weißen Rauch verknotete, fruchtlose und leidenschaftliche Arbeit, die es aufheulen ließ.

Die beiden jungen Männer betrachteten dieses Leiden und diese Arbeit, hielten sich aber auf Distanz. Sie hatten Angst vor den Göttern und Helden, die in den Flammen tanzten.

Und in der Glut sahen sie plötzlich zwei Füße; sie stöhnten vor Angst, warfen sich zu Boden und legten ihre Stirn auf die Erde. Als sie die Augen wieder erhoben, war ein Gott aus den Flammen getreten. Er war furchtbar. Seine Schönheit schien schrecklicher als die abstoßendste Mißbildung. Sie fürchteten das Sich-Öffnen seiner Lippen, denn die Götter sprechen nie ohne Grund, und die Wörter, die sie aussprechen, können töten wie Speere und Pfeile. Zitternd wünschten sie, er bliebe reglos und schweigend.

Er war nackt, aber seine Nacktheit glich einem Kleid, das ihn von den Schultern bis zur Erde bedeckte, denn sie versetzte die Sterblichen in

Schrecken, und man wagte nicht, sie zu betrachten. Es war Dionysos.

Die Jagd und die Spiele hatten seine Beine veredelt und gerundet. Er trug enganliegende weiche, grünlederne Stiefel, die, gleich denen der Athener Tänzer, mit einem Goldfaden bestickt waren. Sie waren so genau angepaßt, daß es unmöglich war, auch nur die kleinste Falte darauf zu erkennen oder das flüchtigste Erbeben der Muskeln zu sehen. Es hieß, es habe der Hilfe der gesamten thessalischen Zauberei bedurft, damit sie nirgendwo drückten, denn jeglicher Schmerz war Dionysos unerträglich.

Echekrates und Lysis wurden nicht müde, an ihnen jede wunderbare Einzelheit zu bewundern. Genau unterhalb der Knie bauschten sich kleine Schleifen aus goldenen, mit Fransen verzierten Bändern; auch das geschulteste Auge vermochte nicht zu entdecken, welcher Kunstgriff sie an die Stiefel band, denn sie drangen in das Leder ein und traten daraus in Form kompliziertester und feinster Stickereien hervor; auch hatte man sich ähnlicher Fäden bedient, um die ganze obere Partie der Stiefel mit Blumen- und Rankenmustern zu verzieren. Lorbeer, Weinrebe und Efeu waren in kunstvollen Bögen ineinander verschlungen, und unter den Blättern sah man Käfer, Trauben, Schlangen und langfiedrige Vögel.

Gleich einem festen und seidigen Tuch schien die Haut des Körpers auch den Abdruck der leichtesten Hand bewahren zu können; sie hatte die Farbe rosiger, von Sonne gebräunter Früchte, und der Glanz der Flammen durchdrang sie bis auf Fleisch und Blut, das wie eine weitere, doch verborgene Flamme ein purpurnes und flackerndes Licht warf; so strahlten die göttlichen Gliedmaßen in einer geheimnisvollen Glut.

Das Gesicht von Dionysos war zur Erde geneigt und ähnelte dem Himmel, der von langsamen Wolken durchzogen wurde; alle Trauer und alle Freude der Menschen glitten über sein Gesicht, und sein Mund blutete und lachte im Wechsel. Seine Augen spiegelten alle ungestillte Raserei der Welt, und in den Stunden der Abenddämmerung vermeinte man in ihnen die Gewitter zu sehen, die die dunklen Gipfel mit Feuer krönen. Unter den blauen Lidern wurden sie plötzlich schwarz, und manchmal sprangen grelle Funken hervor. Unter der weißen Stirn rundeten die Augenbrauen ihre Bögen, so wie am Saum des bleichen Herbsthimmels große Vögel ihre abenteuerlichen Schwingen ausbreiten.

Echekrates und Lysis beteten mit zur Erde geneigtem Gesicht: »Dionysos, Weiße des Mandelbaumes, Pracht purpurner Wolken, oh Du, schöner als Leben und Tod, Unsterblicher, habe Erbarmen mit uns. Wir haben für Dich gearbeitet, auf unserem Weg haben wir Genuß und Leiden verbreitet, wir haben die Namen verkündet, unter denen Du Dich verbirgst. Wir haben Dich sanft genannt, aber Du bist stark, und wir haben gesagt, daß Du gewaltig bist, aber Dein Herz ist voller Milde. Wir haben Dich mit dem Titel ›Schamloser‹ gekrönt, und doch bist Du es, der die Säulen Neptuns befestigt; wir haben gesagt, daß Du keusch bist, aber die Liebkosungen aller anderen Götter haben Deinen Leib gerundet. Wir haben gesagt, daß Deine Seele traurig ist, und doch wurde aus Deinem Lachen alle Freude der Menschen geboren; und wir haben gesagt, daß Du fröhlich bist, während im Gegenteil Dein Gesicht dem geheimnisvollen Gesicht des Todes gleicht. Dein Name ist im Mund aller Rassen, und Du bleibst dennoch unbekannt. Wir haben für Dich einen Tempel der Einsamkeit inmitten der menschlichen Betriebsamkeit errichtet.«

»Ich langweile mich«, antwortete Dionysos.

»Herr«, sprach Lysis, »nimm diese drei Barbarenmädchen zum Geschenk. Sie sind schön, und sie glauben an die Liebe. Ihre Unschuld zerstreut dich vielleicht.« – »Nimm das Geschenk an«, sagte Echekrates, »die Unschuld ist das seltenste aller Laster.«

Dionysos jedoch neigte den Kopf, ohne zu antworten. Trauben glänzten in seinem schwarzen Haar, und lange Weinrebenblätter umgaben ihn wie eine dunkle Aureole. Sein Gesicht erschien kleiner, das Dunkel verbarg den Mund und das Kinn, aber die Augen schienen über den Flammen wie zwei verzehrende Lichter zu brennen.

Plötzlich ging er auf das Feuer zu und setzte einen Fuß in die Flammen. »Welche Glut könnte Dich jemals verzehren, Dionysos?« sprach er. Und er nahm Flammen in seine Hände, als pflückte er große scharlachrote Blumen. Lysis und Echekrates betrachteten das Wunder und schwiegen.

Dionysos erstrahlte im Feuer, das bis zu seinen Hüften aufloderte. Ein brennendes Kleid verbarg so seine furchterregende Nacktheit vor ihren Blicken.

Manchmal streifte eine Brise den Boden, packte die Flammen mit frischem Griff, und sie sprangen gen Himmel wie ein gewaltiger Haarschopf; der Körper des Gottes wurde unsichtbar, doch sein Kopf überragte noch immer den Tumult des Feuers.

»Oh Sterbliche«, sprach Dionysos, »ich gieße die Fluten eines überschäumenden Lebens in das Herz der Menschen. Ich schüre die heilige Lust in den jungen Pferdebändigern und den Jungfrauen, die den Feueropfern voranschreiten. Ich bin eine flammende Quelle, die in den Adern der

Welt braust, aber ich bin allein, und ich kenne die Freude nicht, die ich verbreite.«

Bald beruhigte sich das Feuer: Rauchspiralen rollten sich um Dionysos' Beine, und die Flammen erstarben am Boden.

Er klatschte in die Hände.

Ein Tiger erschien; er zog sechs Sklaven hinter sich her, deren Muskeln von der Anstrengung hervortraten, das ungeduldige Tier zu bändigen. Er war lang, und sein Rücken buchtete sich beim Gehen aus; wie erloschene Flammen liefen schwarze Streifen schräg über sein Fell. An seiner haarigen Schnauze glänzte ein Metallring. Er kauerte sich zu Füßen des Gottes nieder und reckte brüllend den Hals in seine Richtung.

»Meine Macht erstreckt sich bis in das Herz dieses Tieres«, sagte Dionysos, »mein eigenes Herz jedoch kann ich nicht erreichen.« Und er setzte sich auf den Rücken des Tigers. »Man bringe die drei unschuldigen Jungfrauen zu mir«, sagte er, »ich will mich ihnen zeigen, bevor ich wieder aufbreche.«

Da erhob sich Lysis und verschwand im Wald.

Der Tag drang durch die Wipfel der Bäume; man vernahm den Atem des Tigers und Schritte in weiter Ferne. Echekrates und die sechs Sklaven rührten sich nicht; Dionysos hatte den Kopf zwischen die Ohren des Tigers gelegt und schlief lang ausgestreckt auf dem kraftvollen Rücken des Tieres. Ein gewaltiges Gemurmel in den Tiefen des Waldes verriet die Bewegung einer riesigen Menschenmenge. Ab und zu sah man zwischen den Bäumen den Schein einer Fackel.

Nach einer Weile kam Lysis in Begleitung der törichten Jungfrauen zurück. Sie waren nackt, damit es dem Gott gefalle, sich an der Jugend ihrer Glieder zu erfreuen, und trugen kleine scharlachrote Kothurne, um noch nackter zu erscheinen. Alle drei kauerten sich schweigend nieder. Dionysos erwachte und sah ihre knienden Körper, die runden Rücken, weiß und glatt wie das Elfenbein der Goldschmiede, ihr Haar, das über die Schultern fiel und alle Gerüche wilder Gräser und Blumen der Hügel verströmte. Er erblickte die Kothurne an ihren Füßen, und es war, als zögen sie ein letztes Kleidungsstück aus.

»Ihr seid Täler voller Duft«, sprach er zu ihnen, »und dem Mann wird es gefallen, seine müden Glieder in euch auszuruhen. Euer Leib gleicht dem Wasser der Flüsse, in das man mit Entzücken Gesicht und Hände taucht. Euer Mund wird das scharfsinnige Gift der Wörter vergießen und eure Augen den Nektar der Lust. Eure Haare werden schwerer und stärker als Ketten über die Arme und den Hals der Krieger fließen. Hebt den Kopf, ich will eure Gesichter sehen.«

Da erhoben sie den Kopf und sahen das Gesicht Dionysos'. Die Freude drang in sie ein wie ein Fluß. Die Worte des Liebesgesanges entsprangen ihren Lippen:

»Oh Geliebter,
Vor Sonnenaufgang sind wir gekommen,
Wir haben Deinen Körper gesalbt
In der Narde unserer Gebete,
Wir haben Deine Seele erfreut,
Unsere Augen haben sich nicht geschlossen,
Unsere Hände blieben gefaltet,
Unsere vom Stein geschundenen Knie

Bluteten
Vor Qual und Liebe,
Bluteten vor Liebe
Unsere Füße,
Unsere Hände
Und unsere Herzen in der Brust,
Oh Geliebter,
Vor Sonnenaufgang.«

Dionysos war bleich geworden: »Wer seid ihr?« sprach er. »Ihr habt Götter gesehen, die ich nicht kenne. In euch ist etwas, was ich nicht kenne und was ich verabscheue. Fort mit euch.«

Stöhnend warfen sie sich zur Erde: »Jage uns nicht fort! Wir werden unauffällige Dienerinnen sein. Wir werden Dir von weitem auf Deinen Reisen folgen und auch dem geringsten Deiner Sklaven gehorchen – aus Liebe zu Dir.«

»Nein, nein«, rief Dionysos, »in euren Augen sind entsetzliche Dinge, und eure Gegenwart ist mir unerträglich.« – »Wir haben nichts gesehen, Dionysos, wir sind auf der Schwelle geblieben und waren verzweifelt, als wir den Bräutigam suchten. Der Himmel hat über uns nur das Licht verströmt, das er allen zuteil werden läßt. Wenn du willst, reißen wir uns die Augen heraus, diese Augen, die dich beleidigen, aber laß uns in deiner Nähe leben.«

Dionysos jedoch schlug auf die Flanke seines Reittieres; der Tiger sprang auf und trug den Gott in den Wald und in Richtung des fröhlichen Tumultes, der in der Ferne murmelte.

»Lebt wohl«, sagte Echekrates zu der Jüngsten, die stumm blieb vor Schmerz. »Lebt wohl«, sagte Lysis zu den törichten Jungfrauen, und aus Mitleid preßte er seine Lippen auf die ihren. Und sie rannten fort, gefolgt von den Sklaven des roten Gottes.

Nach einer Stunde kehrte Stille in den Wald ein. Plötzlich erscholl ein Jagdhorn. »Wer ist das?« sprachen die Verlassenen. Eine letzte Hoffnung quälte sie. Da erfüllte eine Stimme die Stille. »Ich bin der Bruder von Dionysos. Ich bin der Tröster der Törichten, ich heiße der Tod.«

Sie fielen auf den Boden und schliefen augenblicklich ein. Um sie herum flüsterten die alten

Tannen unverständliche Dinge. Als der Schlaf ihre Körper betäubt hatte, erhoben sich langsam die Seelen der drei Mädchen. Sie umarmten sich leidenschaftlich, denn sie kannten sich bereits seit Jahrhunderten und freuten sich, endlich wieder vereint zu sein, den Körpern zum Trotz. Sie erhoben sich und befragten die Bäume.

»Wer bist du?« sprachen sie zu einer Tanne mit langen und tiefhängenden Ästen.

»Ich bin die älteste meiner Schwestern«, antwortete sie. »Das Meer hatte sich kaum von hier zurückgezogen, und die Erde war noch weich, als zwei Bären von schrecklicher Größe hierherkamen. Ihre Füße versanken im Schlamm. Sie waren wütend aufeinander, und da sie zu stolz waren, sich zu vertragen, zerrissen sie sich gegenseitig und starben. Ich bin ihren Eingeweiden entsprungen.«

»Und du?« fragten sie einen kleineren Baum, der sich bei jedem Windstoß niederbeugte.

»Ein König«, antwortete er, »setzte sich eines Tages an die Stelle, wo ihr euch jetzt befindet. Er war jung, und sein Gesicht war schön, und seine

Safrankleider waren mit Seide bestickt, die Zauberer gefertigt hatten. Da er der Liebe seiner Zitterspielerinnen überdrüssig war, schlitzte er sich den Bauch mit einem Jagdspieß auf und starb. Sein Körper wurde niemals gefunden; Tannennadeln bedeckten ihn, und langsam verschlang ihn die Erde. Ich wurde aus seinem Fleisch geboren.«

»Und du?« fragten sie einen weiteren Baum, der ständig stöhnte.

»Ich bin die Frucht der Gewalt und der Ungerechtigkeit«, antwortete er. »Denn eines Tages kam ein junges Mädchen aus Chios in diesen Wald. Sie war ganz weiß, ihr Kleid war weiß und spielte um ihre Gliedmaßen; ihre Haut war noch weißer, aber ihre Augen waren schwarz wie das Gewitter, und das Haar flatterte ihr um den Kopf wie ein Nachtvogel. Sie war gekommen, um Eros zu opfern, und wollte mit ihren Blumengirlanden den Baum schmücken, den ihr dort seht und der heilig ist; ein chinesischer Dämon jedoch sah, begehrte und würgte sie mit seinen Girlanden, um sie danach zu besitzen. Die Erde öffnete sich, um den armen Körper zu verbergen, denn sie schämte sich dieses Verbrechens.«

In diesem Moment vernahmen die drei Seelen den Gesang der Morgendämmerung, der über die fernen Hügel drang, und sie wollten fort.

»Bleibt bei uns«, flüsterten die Bäume, »denn ihr seid Töchter des Lebens, und wir sind die Söhne des Todes; wir haben euch hier erwartet, da der Gott der Freude und des Rausches euch verstoßen hat.«

Und sie setzten sich, und die Dunkelheit legte sich auf sie.

★ ★ ★ ★ ★ ★ ★ ★ ★ ★ ★ ★ ★ ★ ★ ★ ★ ★

Die Geistige Jagd

Der Falsche Bote

Die beiden Jungfrauen, die an der Tür des Hochzeitssaales ausgeharrt hatten, waren in Nacht und Kälte schließlich verzweifelt und wollten nicht länger warten. Sie standen auf und verließen die Stadt.

Sie gingen fünf Tage; fünf Tage lang beugte sich das Gras unter ihren Sandalen. Der Himmel war dunkel, und die ganze Erde schien in Unruhe versetzt, denn die Herrschaft des Gottes der nächtlichen Wache reicht in die Ferne und erstreckt sich auf alle Dinge.

Am Morgen des sechsten Tages jedoch – denn es braucht mindestens fünf volle Marschtage, um der Macht des Gottes der nächtlichen Wache zu entkommen – fühlten die beiden Jungfrauen sich glücklich. Sie hörten die Luft singen. Das Korn in der Erde begann zu knistern, und durch die Natur lief ein Beben.

Gegen Mittag desselben Tages sprach Dorothea: »Die Erde unter unseren Füßen ist heilig geworden. Bald werden wir den Gott sehen, denjenigen, den wir suchen.«

Und im selben Moment erblickte sie zwischen den Bäumen einen jungen Krieger. Agathe jedoch sah ihn nicht, denn ihre Blicke waren hoch über dem Dunkel des Laubwerks von anderen Visionen angezogen. Er war nackt und trug einen langen Schild und einen Speer.

Die erwählte Jungfrau betrachtete die Schönheit des Kriegers und flüsterte: »Herr, für Euch habe ich alle Dinge des Himmels für nichtig erachtet; sollten mir da nicht irdische Güter zuteil werden?«

Und es wurde ihr geantwortet: »Kenntnis der Freuden dieser Welt zu erlangen ist nicht einfach und nicht an einem Abend und einem Morgen zu erreichen.«

Dorothea aber fuhr fort: »Ich habe meine Augen von der unsichtbaren Welt abgewandt, und ich habe zu meiner Seele gesagt: ›Sei friedlich, quäle mich nicht länger, denn ich will in einer Welt leben, die ich mit Händen berühren und mit Lippen erschmecken kann. Das Fleisch ist stärker als der Geist, solange die Schönheit der Erde dauert, und der Triumph der Geistes kommt immer noch früh genug.‹

Herr, gibt es keinen Altar, auf dem ich meine Düfte und meine neuen Begierden verbrennen kann? Opfere ich nicht viele vortreffliche Dinge, und wird der Lohn diese nicht aufwiegen?«

Da antwortete ihr der Krieger: »In die Freude der Menschen mischen sich alle Arten von Schmerzen, und diese Schmerzen sind groß.« – »Sind es aber nicht die Tränen, die die Freude zur Freude machen? Herr, ist die Welt leer? Gibt es keinen Gott, den ich mit offenen Augen sehen, dessen Knie ich berühren und dessen Füße ich küssen kann?«

Da antwortete ihr der Krieger: »Der Wind hat seinen Namen tausendmal geflüstert, der Gott aber, den du suchst, ist weder hier noch dort, weil du ihn suchst. Besitze vielmehr das, was du nicht suchst.«

Da rief die Jungfrau aus: »Möge es dem Himmel gefallen, daß du dieser Gott bist.«

Da sprach er zu ihr: »Komm, du hast gehört und verstanden.« Und Dorothea lief auf ihn zu. »Siehe«, sagte sie, »die Begierden meines Herzens erfüllen sich. Sei glücklich, meine Seele, dein Leben hat beinahe keine Tage mehr. Ich ergreife die vergängliche Schönheit und halte sie wie Sand, der durch die Finger rinnt.

Meine Augen haben die Gesichter vieler Männer angefleht; sie waren alle verschieden, aber auch gleich, denn sie spiegelten die Anmut des unbekannten Gesichtes. Die Männer jedoch begriffen den Sinn ihrer eigenen Schönheit nicht und gaben mir kein Almosen. Jetzt sehe ich alle noch einmal vor mir, und all meine Begierden kehren zurück, diesmal jedoch, um mein Fleisch zu verlassen; und befreit von ihnen bin ich glücklich, als wäre ich erhört worden. Im trockenen Juligras höre ich, wie zwei Silbermünzen, die man aneinanderreibt, die Heupferdchen an den

Wällen wunderbar singen, und diese geliebte Musik macht mich traurig.«

Da legte sich Agathe die Hände auf die Ohren und dachte: »Sie ist vor Erschöpfung wahnsinnig geworden. Wenn sie stürbe, wie schlimm wäre das für mich!« Und sie entfernte sich, als ob sie Heilkräuter sammeln wollte.

Agathe durchstreifte kreuz und quer den Wald; sie war unruhig und gleichzeitig zufrieden, denn sie dachte: »Wenn ich den Gott finde, gehört er dann nicht mir ganz allein? Erst haben mich meine Gefährtinnen und dann hat mich meine Schwester verlassen, gelobt aber sei der Herr, der mir Verstand gegeben hat!«

Und da es sehr warm war, zog sie sich vollständig aus und wand ihre Kleider um den Kopf. Unter ihren Schritten brauste die Erde vor Begierde, und die Schönheit ihres weißen Leibes weckte die Lüsternheit der Faune.

Einer von ihnen wagte es, die Lippen zu öffnen und sie anzusprechen, denn er begehrte sie mehr als die anderen, da er der schönste war. »Über welche Blumen bist du geschritten, daß deine

Füße so weiß sind? Welche Winde wehten um deinen Leib, daß er so blaß ist wie die Rinde der Birken? Welcher Mund fuhr über deine Haare, daß sie uns mit dem Wunsch quälen, sie zu beißen?«

Und er streckte die Hand aus, um sie zu berühren, doch sie wich zurück und sagte: »Laß mich, ich will nicht, daß sich Faune oder Männer mir nähern. Sage mir lieber, wo die Götter leben, denn ich bin allein, und ich habe Angst, mich zu verirren.«

»Hüte dich vor der Gegenwart der Götter!« erwiderte der Faun.

»Ich suche den einzigen Gott«, entgegnete die Jungfrau, »und ich gehöre ihm, auch wenn er es nicht weiß und es auch niemals wissen darf. Mein Körper liegt wie ein Sühneopfer auf dem Altar.« – »Begnüge dich mit dem Begehren der Männer und der Faune«, sprach er weiter, »erzittere vor dem Angesicht eines Gottes, welchen Gottes auch immer! Erfreue dich lieber am Widerschein dieses Gesichts.« Und in der Hoffnung, sie zu erschrecken, fuhr er fort: »Fürchte dich vor allem davor, im Wald Dionysos aus Hellas zu begegnen; er ist ein grausamer Gott, begleitet von schamlosen Soldaten. Und gerade jetzt durchquert er das Land, auf dem Weg in die fernen Reiche Ophirs. Verberge dich einige Tage mit mir, und wenn er fort ist, kannst du gehen.«

Die Jungfrau jedoch hatte diese letzten Worte nicht gehört. Sie setzte ihren Weg fort, denn das flüchtige Begehren des Faunes war schwächer als das ihre nach dem Gott.

Und der Faun krümmte sich vor Schmerz auf dem Boden, denn er mußte erkennen, daß die Hände Dionysos' auf ihr ruhten.

Je weiter sie ging, desto dichter schloß sich der Wald über ihr wie die Netze des Jägers über der Beute. Die Vögel verstummten. Plötzlich bekam die Jungfrau Angst und wollte innehalten, doch hatte sie ihren Leib bereits geopfert und er gehörte ihr nicht mehr.

Der Wald flüsterte: »Möge dein Herz sich erfreuen und deine Seele erblühen, denn die Gegenwart des Gottes umgibt dich. Siehe, weit weg von der Betriebsamkeit der Menschen ist Einsamkeit und Erneuerung, die die Raserei in Schlaf und die Begierden in Ruhe verwandeln. Die menschliche Agonie weicht der göttlichen Langeweile; alle Kraft mischt und löst sich in der Regungslosigkeit.«

Die Jungfrau aber war beunruhigt, und bald zog sich ihr Herz vor Entsetzen zusammen, denn nirgendwo sah sie Antlitz und Gegenwart des Gottes. Sie machte noch einige Schritte, aber ihr Herz schmolz dahin. Die Nacht fiel auf die Erde.

DIONYSOS

Plötzlich hörte sie den Lärm verschiedener Instrumente, und wenige Schritte vor ihr traten Flammen aus der Erde. Sie wagte nicht zu sprechen und schaute schweigend, denn die Nacht des Entsetzens beherrschte ihr Herz.

Um die Flammen herum streunte ein brüllender Tiger, dessen Hals aus dem Feuer ragte.

Eine Stimme erklang, die aus der Glut emporzusteigen schien: »Töte, oh du Flamme, den traurigsten aller Götter.«

Vor diesem Wunder warf sich Agathe auf die Knie. Ihr Leib war vor Entsetzen gelähmt, doch ihre Seele sprach zum Gott: »Herr, im Halbschlaf, der dem Tag vorangeht, habe ich Dich mit geschlossenen Augen betrachtet. Im Morgengrauen habe ich mich dann erhoben, um Dich zu finden, denn der Traum bewohnte mein Lager nicht mehr.

Ich bin viel gereist. Ich folgte der Spur Deiner Schritte, und meine Füße haben Erden in vielen Farben berührt; ich spürte Dich in den Bergen, und ich setzte meinen Weg fort. Ich hörte in den Bäumen Deine Stimme und durchquerte laufend den Wald.

Ich sah Dich in den Gesichtern der jungen Männer, die an mir vorbeigingen, und ich betrachtete sie voller Verzweiflung; ich habe gewünscht, sie wären weniger schön, und ich suchte mit Eifer die Unvollkommenheit.

Ich sprach zu meinen Augen: Findet den Fehler, der euch Frieden gibt, zittert davor, ihn nicht zu sehen und zu Sklaven zu werden. Ich bin vor Dir geflohen, ich habe Dich gesucht, ich hatte

Angst, Dich unter den Männern nicht zu erkennen, und auch, Dich zu sehen. Meine Seele mußte unter den Blicken der Reisenden leiden, ihre Blicke waren leer, und deshalb betrachtete ich ihren Mund und ihre Wangen. Mit aller Kraft habe ich gefleht, so daß meine Hände zerbrochen sind; den Tod habe ich mir gewünscht, aber das Leben stellte mir nach, wie der Jäger seiner Beute.«

Diese Gedanken gingen ihr durch den Kopf, aber ihr Mund sprach sie nicht aus. Dennoch war die Gewalt ihrer Liebe über ihre Angst erhaben, und sie flüsterte verständlich: »Herr, alle meine offenkundigen Begierden habe ich in Euch vereint. Durch Eure Gnade erhöht, ähneln sie einer großen Armee auf günstigem Gelände. Herr, seid Ihr nicht der Gott der Freude? Warum also verharrt Ihr im Herzen der Stille wie in der Mitte eines windstillen Waldes, den die Vögel verlassen haben? Fürchtet Ihr, daß ich unter dem Gewicht Eurer Worte wanke? Herr, ich verabscheue doch Leben und Tod gleichermaßen, es sei denn, sie kämen von Euch. Eure Augen enthalten die Blikke all jener, die ich in meiner Unwissenheit geliebt habe; hinter diesen Blicken jedoch scheint Euer Blick durch, oh Gott, und ich fühle, daß ich blind werde. Oh Erde, oh Erde, trägst du mich noch?«

Und als sie diese Worte gesprochen hatte, erschien der Gott über den Flammen, die sein Gesicht noch verbargen, als wären sie Zweige. Dennoch erhob sich seine Stimme und schien von überall her zu dringen; sie war sanft: »Setze nicht die Herzen der Götter mit sterblichen Herzen gleich, die nur unklare Gedanken hegen. Die Großen der Welt hätten deine Kühnheit übelnehmen können und dich dafür bestrafen, denn sie sind nicht so groß, daß die Kränkung sie nicht erreicht. Der Wahn des Menschen ist sehr groß, wenn er glaubt, die Herrlichkeit der Unsterblichen verletzen zu können. Ich war der Meister deiner Schritte, und du gingst über eine verzauberte Erde, auf der meine Beschwörungen dir den Weg wiesen. Die vielen Wege, denen du folgtest, verbanden sich nicht umsonst; ihr dunkler Wille aber war mir unterworfen, und sie erloschen hinter dir; die Menschen werden sie nicht mehr finden.

Und nun bist du der Unruhe der Menschheit weit entrückt. Ich habe dir erlaubt, mir nahe zu kommen, weil ich sah, daß dein Herz nicht abgelenkt war von den Scheinheiligkeiten, daß deine Leidenschaft überlegt und dein Blick nicht geblendet war durch die Vorspiegelungen der Welt. Nur sehr wenige gelangten allein zu mir, weil nur sehr wenige zu wählen wissen; deine Wahl aber ging so weit, alles auszuschließen, außer demjenigen, den man nur findet, wenn er es wünscht. Und wenn die Wege mir nicht gehorcht und sich nicht gekrümmt und verbunden hätten, nur um dich zu mir zu bringen, wärst du ratlos gestorben, die Freuden der Menschen verschmähend, ohne die göttlichen Spiele zu kennen.«

Sie hatte die Augen noch nicht geöffnet, und es gefiel ihr in diesem Dunkel, weil sie wußte, daß ein Morgenrot von überwältigendem Glanz es bald vertreiben würde. »Sollte ich meine Hände nicht auf Eure Knie legen dürfen«, sprach sie, »darf ich mein Haar nicht über Euren Bauch gleiten lassen? Der Duft Eures Fleisches begegnet meinem Gesicht, und mein Leib verzehrt sich vor Begierde.

Nun ergeht es mir wie den Blumen unter Euren Füßen, doch ich bin nicht so glücklich, denn sie werden unter Euren Schritten zermalmt; meine Liebe jedoch schützt mich vor Eurer Gewalt.«

Da sprach Dionysos von neuem: »Die Begierde wendet sich ab von der Begierde, und das Fleisch der Götter will kämpfen. Der Widerstand der Jungfrauen ist ihre Kraft, denn er zieht die Begierden der Männer auf sich; er ist aber auch ihre Schwäche, denn er peitscht die Leidenschaft auf und ruft die Raserei Eros' hervor. Wie angenehm ist das Streicheln von Händen, die diese Kraft voneinander gelöst hat!

Könnte ich mich nicht mit der Erde genauso wie mit dir und den jungen Pferdebändigern vermählen? Da du aber andere Worte sprachst, als ich sie gewöhnlich höre, werde ich deinen Leib mit meinem bedecken und deine Begierde vernichten, indem ich sie erfülle.«

Und plötzlich erschien Dionysos in den Flammen; die Jungfrau wußte, daß sie ihn sehen konnte, und zog sich den Schleier, der sie bis zu den Schultern bedeckte, über das Gesicht.

Er trat näher und entriß ihr den schützenden Schleier. Sie erschien ihm begehrenswert, weil sie ihre Augen geschlossen hielt und dies ein Zeichen von Verachtung sein konnte. Da tauchte er die Finger in ihre Haarpracht, die den Duft aller Waldpflanzen des Waldes verströmte. Er wand sie um seine Fäuste und mischte seine von Duftölen getränkten Locken darunter.

Und der Gott befahl: »Entblöße dein Gesicht und betrachte endlich, was du zu begehren wagst. Meine Augen versteinerten die Gorgo, und mein Mund ist röter als das Feuer und bereit zu beißen. Meine Hüften sind so zart wie Früchte. Meine Knie zermalmten in der Umarmung die Lenden der Mächtigsten. Mein Körper spendet Wollust, die sämtliche Zauberworte der Dichter nicht auszudrücken vermögen, und die menschliche Zunge bräche in dem Bemühen, sie zu beschreiben.

Ich kenne die Gesichter aller Männer und aller Frauen, aber deines habe ich noch nie gesehen. Mit meiner Gegenwart störte ich jeden Schlaf der Welt, im Morgengrauen, wenn die Himmelsfransen weiß werden, die Lerchen aufsteigen und die Begierde im Herzen der Menschen wieder erwacht; dein Schlaf jedoch ist ein uneinnehmbarer Turm, und deine Träume Schwellen, die ich nicht überschreiten kann. Fürchte nichts. Sieh mich an.«

Sie blickte ihn an. Und als er sah, daß sein Gesicht sich in ihren Augen nicht widerspiegelte, wich er zurück.

»Wer bist du?« fragte er, aber sie antwortete nicht, und er fügte hinzu: »Wahrscheinlich hast du die Zauberer in ihrer Einsamkeit besucht und hast den heiligen Dreifuß berührt, die Bänder der Toten, auf denen geschrieben steht, was sie träumen dürfen, und die Gefäße, aus denen der Rauch entweicht, durch den die Schatten sich erheben; und du wagst nicht, es mir zu sagen; ich weiß aber, was der Mench gesehen hat, weil sein Blick alles widerspiegelt, was er gesehen hat.

Hoffe also nicht darauf, daß es dir gelingt, mir die Erinnerung deiner Taten zu verbergen, denn sie spiegelt sich in deinen Augen.

Du bist den Zauberern fremder Länder gefolgt; für dich haben sie Wunder vollbracht, die die Sterblichen nicht kennen dürfen; vor deinen Augen haben sie Tote wiedererweckt.«

Die Jungfrau schüttelte den Kopf: »Herr, ich habe nur Euch gesucht.« – »Nein«, antwortete der Gott.

Die Traurigkeit drang in ihn, denn er liebte sie. »Du mußt wissen«, sagte er, »daß du dem gehörst, den du in der Kraft deiner ersten Begierde erblickt hast. Vergebens suche ich mein Gesicht in deinen Augen. Niemals werde ich zu dir gelangen. In dir trägst du die Keime der Verzweiflung.«

Da erinnerte sich die Jungfrau an ihren Traum am Tor des Hochzeitssaales, und sie weinte. »Du hast einen fremden Gott erblickt«, fuhr Dionysos fort. »Der Tod wird die Frucht deiner Begierde sein, denn es ist ein düsterer Gott, der sich deiner bemächtigt hat, und du wirst dich nur in der Bitternis der Einsamkeit wohl fühlen. Selbst meine Tiger hätten Angst vor deinen Liebkosungen, und meine Krieger würden deine Küsse fürchten. Der Wind wird mit dem Sand sprechen, aber deine Stimme wird in die Stille emporsteigen. Leb wohl. Du kannst nicht mein sein. Meine Schönheit gehört jenen, die nicht träumen.«

Und der Gott entfernte sich. Er war nicht von Bacchantinnen begleitet, sondern von schönen jungen Soldaten, die vom Blut des Weines befleckt waren. Ihr trauriges Lächeln verriet, daß ihre Exzesse sie nicht befriedigt hatten. Sie gingen fort, begleitet vom Licht des Mondes, und in der Finsternis nahm ihre Haut seine bleiche Farbe an. Sie hörte die Gesänge, die mit ihnen fortzogen.

Ich entsinne mich der Akrobaten von Rom und der flinken Gaukler von Piräus, der lasziven Mimen am Hof von Ravenna, der Venustänzer in Kathargo; meinem aufmerksamen Auge entgeht nichts, denn es weiß, daß es sah.

Denn es weiß, daß es sah und Vergessen nur Illusion ist, entsprungen der anderen Illusion der

Zeit, und es verschließt in sich das Licht verblichener Himmel und vergangener Sonnen.

Worte: Schlüssel zum Schatz, im Schloß gedreht.

Hier ist Thallos, und hier ist Naevole. Und die aphrodisierenden Städte des Deltas, die Erotik kleiner, unreiner Inseln, der extravagante und sorglose Überfluß köstlicher Laster und subtiler und unerwarteter Perversionen, das Detail in der Vielfalt, die gewissenhafte Verderbtheit und die träge Lust.

Und die Weiden, die ihr Haar ins Wasser tauchen, die bleich und aufrecht stehenden Säulen, wie Jungfrauen, die über Geheimnisse wachen, in die sie nicht dringen. Und die Erhabenheit von Gesichtern und die plötzlichen Worte in der Verborgenheit verwüsteter Betten.

Ich entsinne mich der Akrobaten, der Tänzer, der Mimen, Kathargo … Rom … Venus …

Plötzlich erlosch das Feuer, und die Bäume wurden wie von einem Sturm geschüttelt. Alles wurde still. Durch die Bäume drang noch ein Lichtschimmer. Als sie den roten Gott zwischen dem Laubwerk nicht mehr erblicken konnte, fühlte Agathe, daß sie für immer allein zurückbleiben würde.

Sie warf sich dort auf die Erde, wo die Flammen gelodert hatten, und rief: »Nimm mich fort, Gott Thanatos …« Und die Stimme von Thanatos erscholl im Geäst der Eichen: »Ich nähere mich dir vergeblich.« Und die Jungfrau sagte: »Habe Erbarmen mit mir, Gott des Todes.«

Das Geäst der Eichen antwortete: »Rufe den Tröster Thanatos nicht länger, denn er hat sich entfernt. Der unbekannte Gott hat dich unsterblich gemacht.«